poemínimos

Fernando Portela

poemínimos

Ilustrações
Libero Malavoglia

1º edição | São Paulo

LARANJA ● ORIGINAL

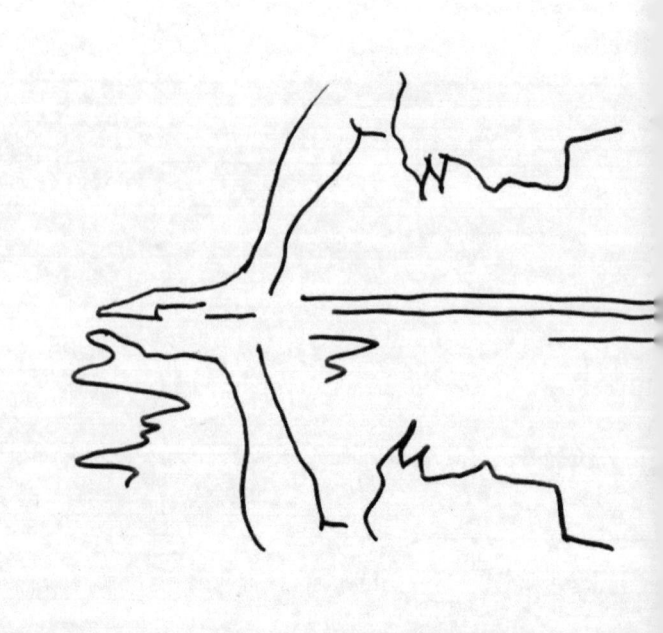

"palavra, palavra
(digo exasperado),
se me desafias,
aceito o combate."

                      Carlos Drummond de Andrade
                                in "O Lutador"

A obsessão das poucas palavras demorou a me alcançar. Quando a escrita virou ofício, nós todos, trabalhadores intelectuais dos anos 1960-1970, ainda não escapáramos totalmente da influência literária verbosa, bacharelesca, do Brasil velho. E, trabalhando em jornal, sofríamos a tentação do espaço farto. Tudo conspirava a favor do copioso, do palavroso. O papel não era problema, naquela época.

Mas foi na redação que comecei a minimizar. Os editores do Jornal da Tarde desenhavam as páginas da sua seção. Isso, aliás, ajudava muito na diferenciação e sucesso do projeto: adequar o conteúdo do texto à forma do veículo.

Para tornar as páginas mais atraentes, eu costumava abrir uma foto e dar títulos curtos, grandes, fortes. Os redatores queriam me matar. O tempo de fechamento era escasso. O título, algumas vezes, deveria caber no espaço de dez pontos. Assim, já que criava problemas, eu me obrigava a entregar o texto para preparação com o título já pronto.

Lembro-me de um deles. Houve uma enchente terrível em São Paulo. Ruas do centro inundadas. Minha melhor foto era da Rua Augusta, coberta por meio metro de água corrente. Carros boiando. Pequenas ondas. Meu título tinha onze pontos para ocupar o espaço sob a foto, em letras bem grandes. Página de impacto. Quebrei a cabeça e quase mudei o desenho quando o óbvio resplandeceu na minha mente. O óbvio costuma se esconder em fechamentos de jornal. Mas ele estava ali, na sua glória minimalista: RIO AUGUSTA.

Quando a Augusta secou, penso que até as vítimas acharam a página expressiva.

Foi aí que comecei a cortar, cortar, e, no entanto, ainda me sentia prolixo. Então, cortei mais, e mais. Já era obsessão. Escolhi uma nova forma literária: o microconto. E me impus 200 caracteres, no máximo, para cada um. Fiz vários. Como este:

CASAMENTO 2

Recita a prece diária à alma do marido. Nesse momento, ele surge, nublado, a expressão grave de sempre. "A reza não está adiantando", diz ele. "Você nunca conseguiu se concentrar, Eugênia Cecília!"

Evoluir do microconto ao poemínimo aconteceu naturalmente. São, enfim, exercícios de síntese, caprichos de quem escreve, e o oposto deste texto enorme, antigo, que produzo agora. Mas juro que será o penúltimo.

I	XXVIII	LV	LXXXII
II	XXIX	LVI	LXXXIII
III	XXX	LVII	LXXXIV
IV	XXXI	LVIII	LXXXV
V	XXXII	LIX	LXXXVI
VI	XXXIII	LX	LXXXVII
VII	XXXIV	LXI	LXXXVIII
VIII	XXXV	LXII	LXXXIX
IX	XXXVI	LXIII	XC
X	XXXVII	LXIV	XCI
XI	XXXVIII	LXV	XCII
XII	XXXIX	LXVI	XCIII
XIII	XL	LXVII	XCIV
XIV	XLI	LXVIII	XCV
XV	XLII	LXIX	XCVI
XVI	XLIII	LXX	XCVII
XVII	XLIV	LXXI	XCVIII
XVIII	XLV	LXXII	XCIX
XIX	XLVI	LXXIII	C
XX	XLVII	LXXIV	CI
XXI	XLVIII	LXXV	CII
XXII	XLIX	LXXVI	CIII
XXIII	L	LXXVII	CIV
XXIV	LI	LXXVIII	CV
XXV	LII	LXXIX	CVI
XXVI	LIII	LXXX	CVII
XXVII	LIV	LXXXI	

I

Materialista (ou budista?)
Sepulta-se a si mesma
A minhoca morta.

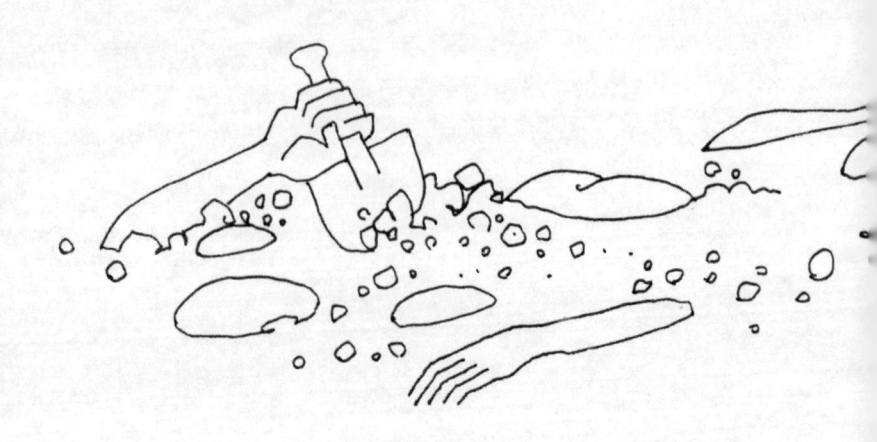

II

Eu não sou eu,
Sou meus algozes.
Orgasmos doem-me.

III

Bem me
Quis. Mal
Me quer.

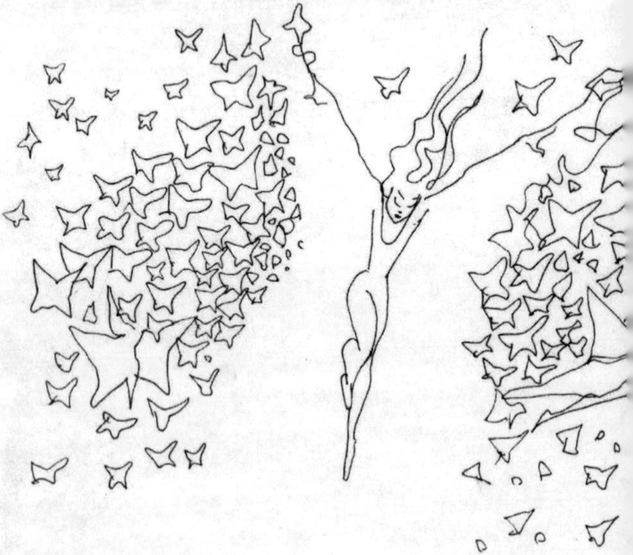

IV

Num vento de borboletas
Pequenas fadas se arvoram.
    Êxtase tem hora.

V

"Móbile é a natureza
Do lirismo e da luz."
    (Bonito, não?)

VI

O meteorologista
Mente. E o faz
Profissionalmente.

VII

Conto carneiros, mas
Não durmo: um deles
Enrosca-se na cerca.

VIII

Ah! Por que me
Xingam de gay e ateu?
Deus é má.

IX

Dá bom-dia a cavalo.
Que não se faz
De rogado.

X

Transido, na treva densa,
Imploro
O flash dos vaga-lumes.

XI

Lê, na espera do
Dentista, um texto
Anestesiado.

XII

Berram em minha mente
Culpas de más ações.
O quê? Onde? Hã?

XIII

Saldão de ira e cobiça
Para puros e abjetos.
Luxúria é um outro preço.

XIV

De qualquer forma,
Ícaro morreria.
Fotofobia.

XV

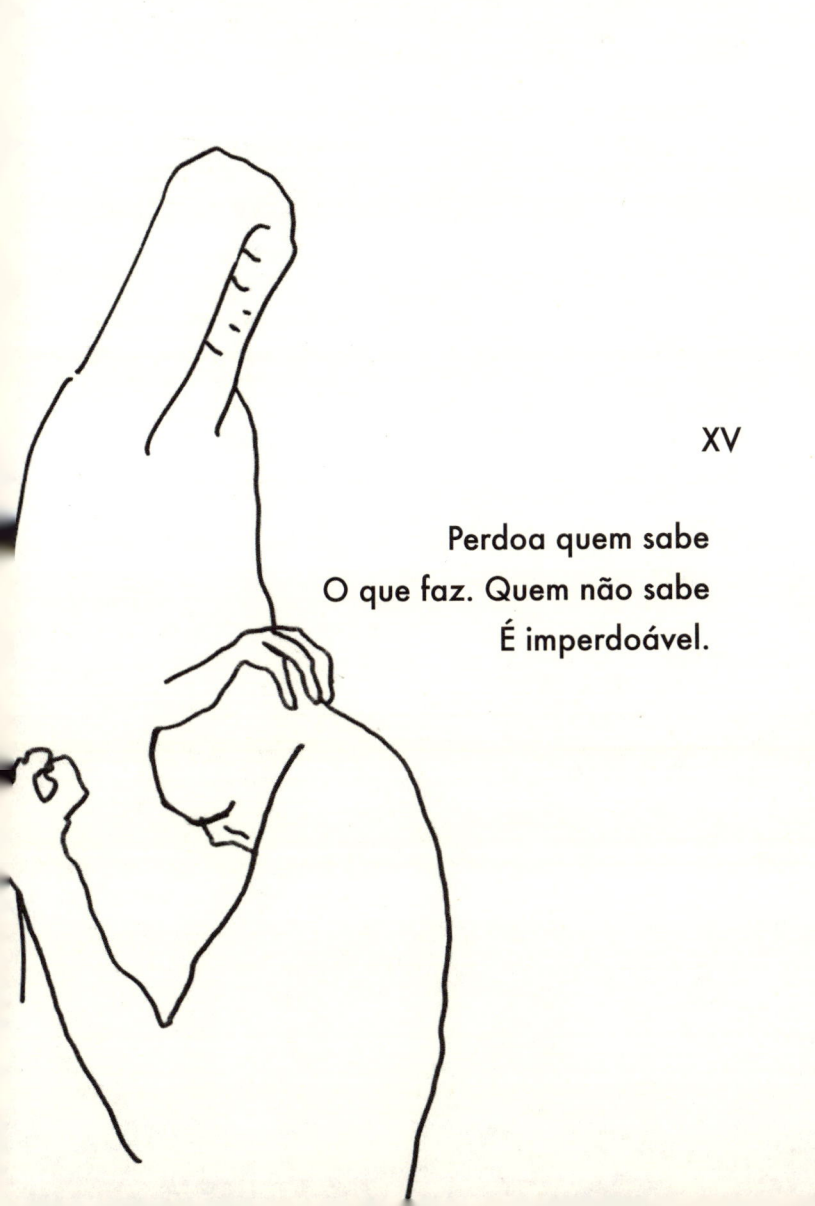

Perdoa quem sabe
O que faz. Quem não sabe
É imperdoável.

XVI

Exangue,
Confessou: um vampiro
A deflorou.

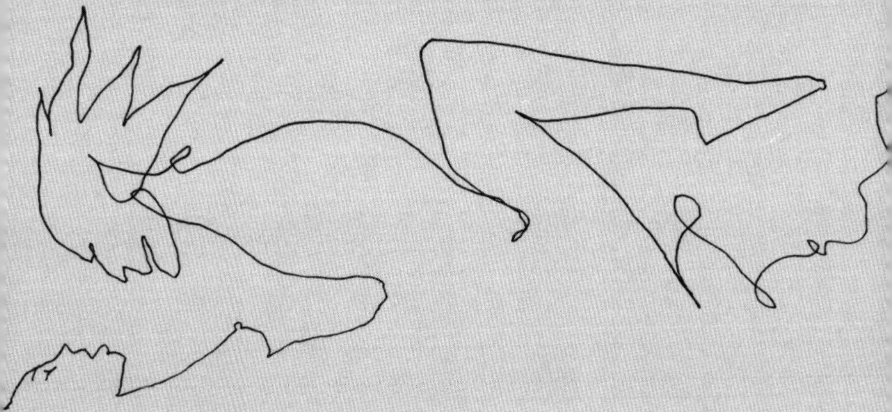

XVII

Arrumou a casa
Inteira pra receber
A faxineira.

XVIII

Amor de verdade
É o que se dá ao
Canário mudo.

XIX

O que me pedes
Chorando que não te faço
Constrangido?

XX

Desfaçam, desfaçam,
Desfaçam o avesso do avesso
Do avesso do avesso.

XXI

Pia o pássaro
Lá fora. A jovem responde,
Asmática.

XXII

Por dia mato
Um leão: menos urros,
Menos ração.

XXIII

Lambi os
Beiços.
Gosto ruim!

XXIV

Lascivo, olha o
Faquir as minhas
Pernas de pão.

XXV

Velho não sou:
Dir-me-ia
Analógico.

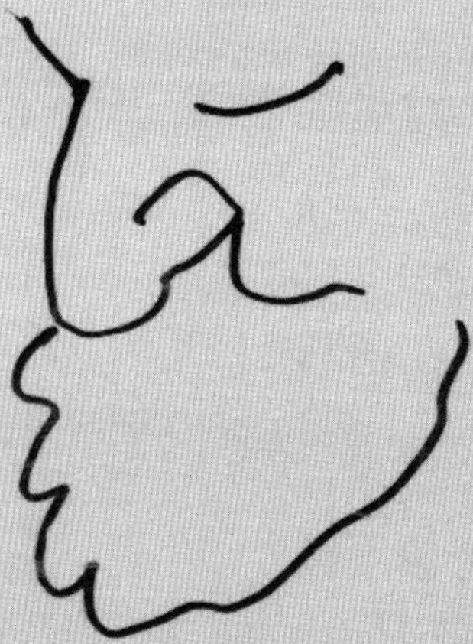

XXVI

Bota mais
Morfina: morrer é o
Maior barato.

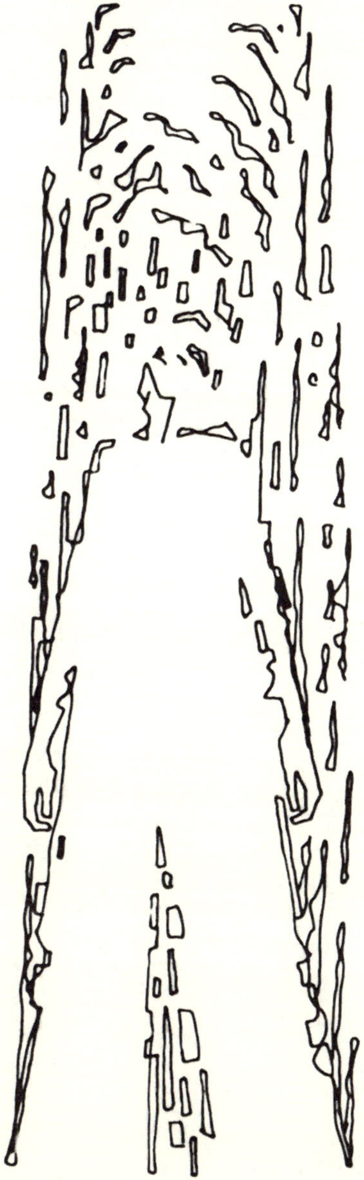

XXVII

De cabeça
Erguida, entro em
Óbito.

XXVIII

Perdoe, Senhor,
Porque pequei e vou
Pecar daqui a pouco.

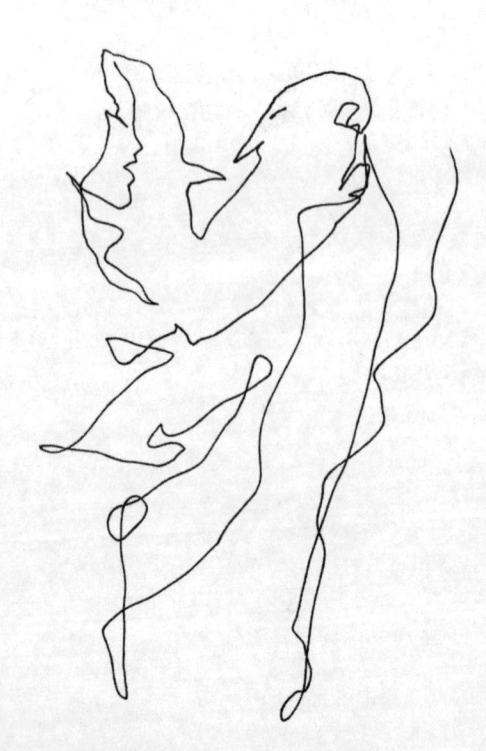

XXIX

Vejo a nuvem
Ou ela me vê?
Budismo – e quântico.

XXX

Boceja o espantalho
No campo
De transgênicos.

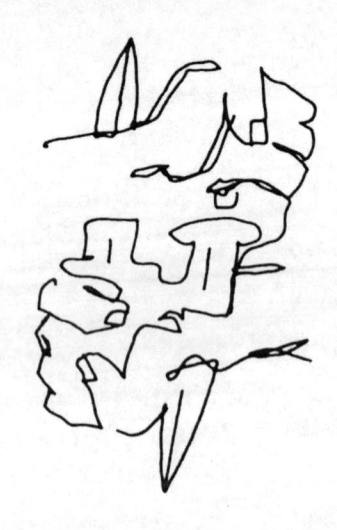

XXXI

Me faz muito
Mal o
Mal que faço.

XXXII

O padre trai
A amante. E seja
O que Deus quiser.

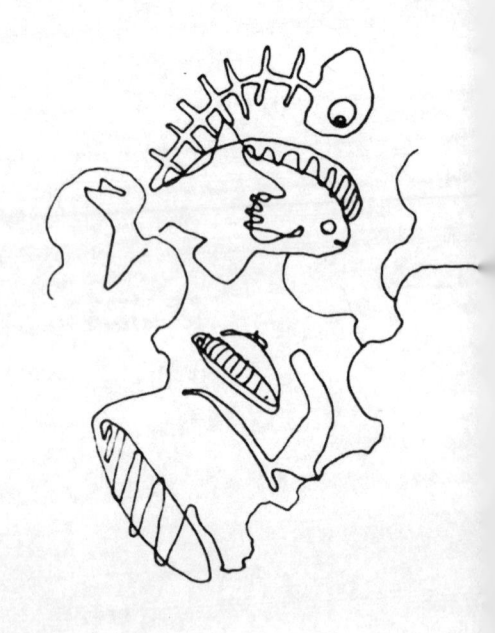

XXXIII

A chaleira explodiu,
Assustando
O peixe frito.

XXXIV

Veja como me
Esforço pra morrer
Naturalmente.

XXXV

Todo insulto
É grito de socorro.
Revide a bala.

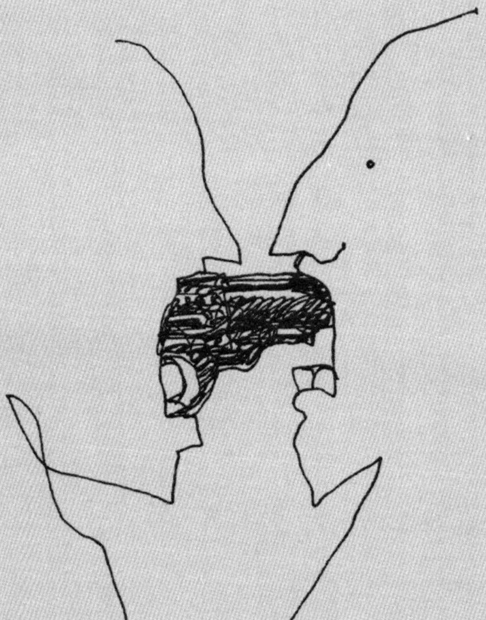

XXXVI

Água mole,
Pedra dura... Para!
Vai demorar.

XXXVII

Passou o tempo.
Morremos.
Foi bom pra você?

XXXVIII

No amor verdadeiro,
O coito
É inorgânico.

XXXIX

"Salta!", grita a
Multidão. Mas eu
Abro as asas.

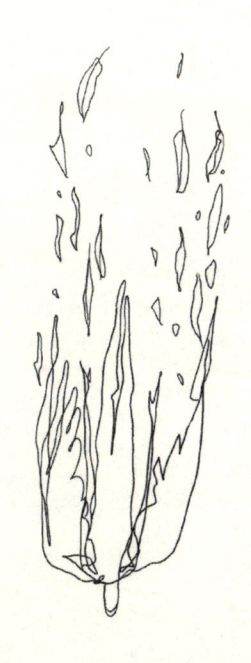

XL

Sonhei com Freud.
Ele era meigo,
Frágil e macho.

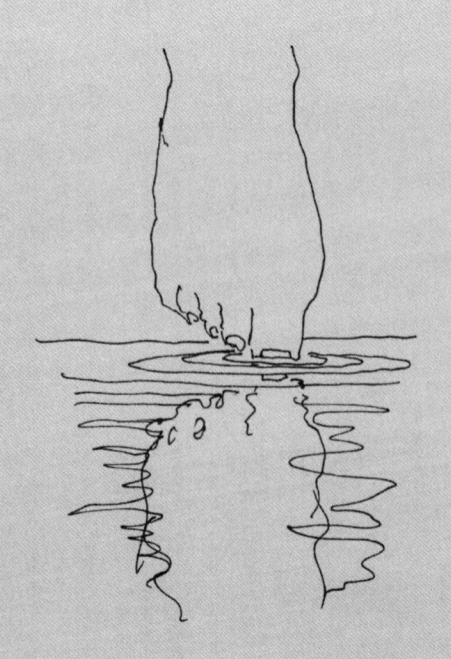

XLI

Passei dos
Limites. Foi
Por pouco.

XLII

Amor-Perfeito
Não queres. Tua
Paixão é Narciso.

XLIII

Velhice
É coisa
Do passado.

XLIV

Mirou-se na água
Imunda, e se amou
Para sempre.

XLV

Solidão é agradecer
Aos parabéns
Do Bradesco.

XLVI

Ouvidos
Me deixam
Mouco.

XLVII

Tragicômico,
Esse amor: a dor
Faz cócegas.

XLVIII

Perfídia?
Não ligue,
É bolero.

XLIX

A Pomba-Gira
Pousou no
Cristo Redentor.

L

De bipolar, sou
Curado. Mas o que
Faço sozinho?

LI

O Apocalipse
Não é
Para amadores.

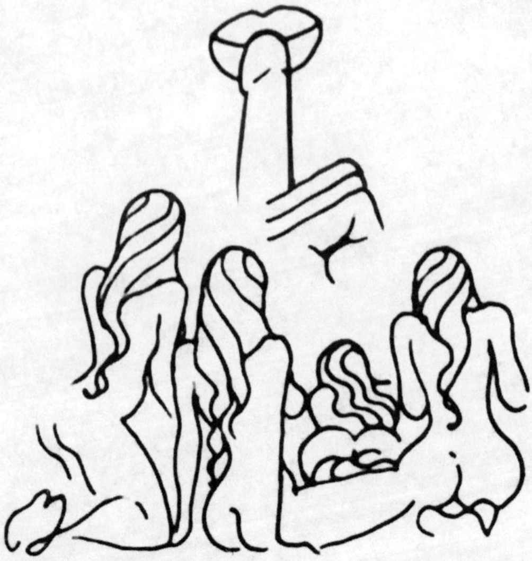

LII

Crio fantasias
no fundo do porão.
        Quietas!

LIII

Todo mendigo
Tem ciúmes do seu
Santo Sudário.

LIV

Vida é
Memória. O Alzheimer
Esclarece.

LV

O gelo do uísque
Faz "tlin". Ou
Será a campainha?

LVI

Queria comer o
Mundo. E – incrível! – o
Mundo dava!

LVII

Deus pensa
Que
Acredito Nele.

LVIII

Rosna o Pitbull
      Ternuras
Destrambelhadas.

LIX

Agora, doutor,
Respiro pelos olhos.
E a boca tudo vê.

LX

Dou-te meu amor
Sem juros. Mas
Correção é devida.

LXI

Estenda tapete vermelho
Apenas pra si mesmo.
Suba nele. Caia.

LXII

Se quiseres que eu te
Trace, faça
Essa voz de robô.

LXIII

A galinha da vizinha
Tem mais hormônios
Do que a minha.

LXIV

Não resista ao
Perdão de Deus.
É uma ordem.

LXV

Por favor, não
Morra. Seja amável
Com minhas culpas.

LXVI

Dão-me remédio infalível
Pra delírio persecutório.
Mas é placebo de quinta.

LXVII

A benção, Fada
Madrinha! Só quero
Alguém que me coma.

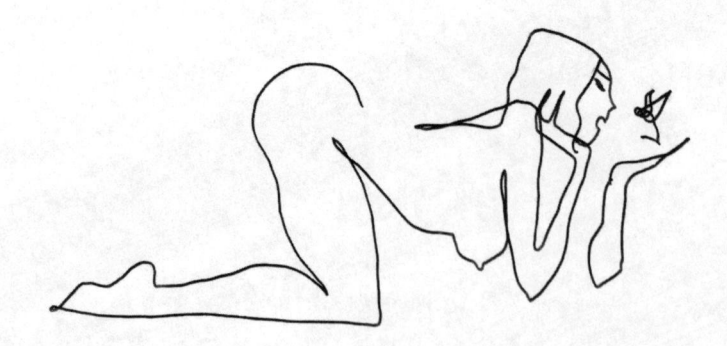

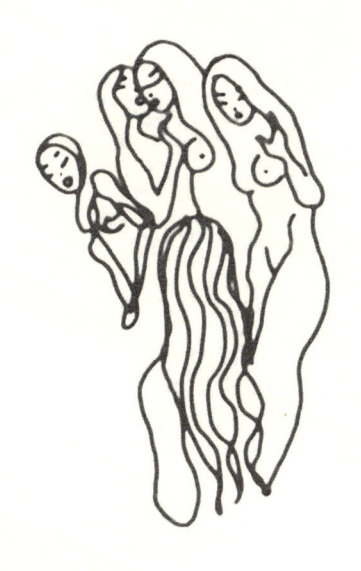

LXVIII

Onã, Ó Onã!
Poema de
Mãos fêmeas!

LXIX

Ah, amor natureba:
Sabe a alho,
Aipo, repressão.

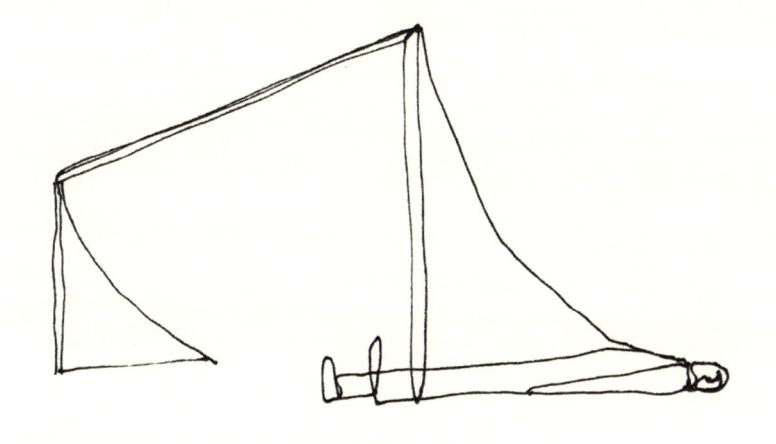

LXX

O chato perfeito
Se mata
Depois de um gol.

LXXI

Um espelho de
Presente? Adorei.
Como ele mente!

LXXII

Rejeita-me se te
Aprouver. Mas camisinha
De la vie jamais.

LXXIII

A terceira
É a mais
Tenra idade.

LXXIV

Dengoso e Soneca
São assim
Com o pedófilo.

LXXV

O brotinho fez
80. E o pitéu
Foi pro céu.

LXXVI

Caim, Caim,
Que fizeste
Do meiguinho?

LXXVII

Saudades do
Politeísmo! Cada qual
Com seu milagre.

LXXVIII

Mar verde. Vela roxa.
Sol de ouro. O arco-íris.
E os meus godês?

LXXIX

Amamentas-me, tu
O dizes. Sem
Gordura ou lactose.

LXXX

Rejeito o amor quando
Nu. Só mo apraz entre linhos,
Organdis, algodões crus.

LXXXI

Fiz sexo
Místico: um transe,
Dois, três.

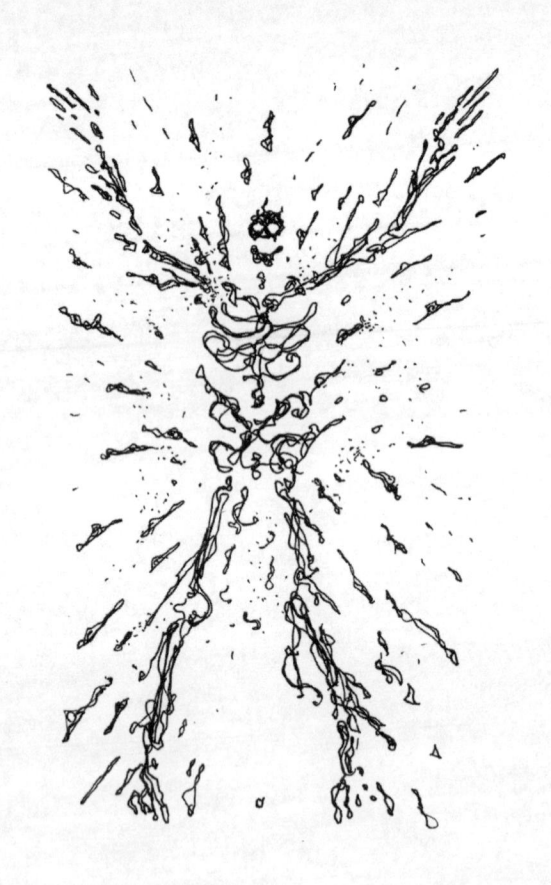

LXXXII

E não é que você me
Some no meio
Do Armagedom?

LXXXIII

A morte é pop e
Roqueira, garante
O coveiro rapper.

LXXXIV

Só resta lamber-me
As feridas.
As moscas vão junto.

LXXXV

Ele goza e chora
Feito bebê. Sinto-me
Tão pervertida.

LXXXVI

Me chamou de
Algoritmo. E eu ia
Dizer que a amava.

LXXXVII

Há risco de não
Percebermos os
Resmungos de Deus.

LXXXVIII

Gemer
É o melhor
Remédio.

LXXXIX

Má pessoa?
Você é boa
Que dói.

XC

Arsênico sabor
Framboesa.
Vomitei tudo.

XCI

Levante-se!
Optei pelo amor
Sem sexo.

XCII

Vá, corte os
Pulsos.
A Positivo, não é?

XCIII

Escreves Chagall.
Leio Chega!
Repensemos a relação.

XCIV

Janis Joplin canta
Summertime.
E eu me agonizo todo.

XCV

Dai a César
O que é
Do Estado.

XCVI

"Não urine no
Chão." Mijei a
Parede inteira.

XCVII

Nem droga, nem
Sexo. Escargot
Resolve.

XCVIII

Vesti o cilício e fui
Sambar na avenida. Dói
Mais que genuflexo.

XCIX

No set de filmagem
Adestrava o cão exótico
O cinéfilo cinófilo.

C

Diz-me com
Quem andas. Ou
Eu invento.

CI

Quero-te ingênua,
Casta. Lascívia
É de outro tempo.

CII

E, como um hímen
Qualquer, lá se vai
Minha libido.

CIII

Era uma
Vez
Um futuro.

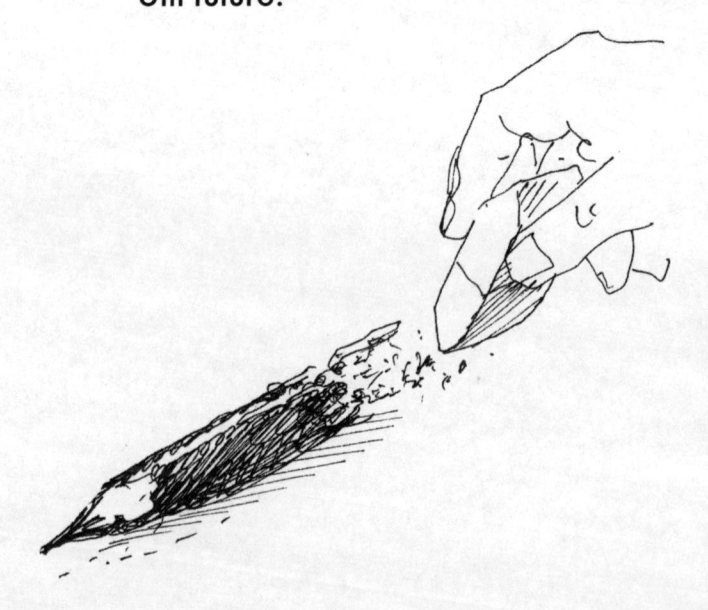

CIV

Requintada, a solidão.
      Chorar, chorar,
Junto ao gato discreto.

CV

Hipócrita: faz o
V da Vitória em
Fotos derrotadas.

CVI

Profana-me.
Ou te
Devoro.

CVII

Dou.
E
Desço.

© 2018 Fernando Portela
Todos os direitos desta edição reservados à Laranja Original Editora e Produtora Ltda.
www.laranjaoriginal.com.br

Editor
Filipe Moreau

Ilustrações
Libero Malavoglia

Projeto gráfico
Nicolás Sueldo

Produção executiva
Gabriel Mayor

Dados Internacionais de Catalogação na Publicação (CIP)
(Câmara Brasileira do Livro, SP, Brasil)

Portela, Fernando
 Poemínimos / Fernando Portela ; ilustrações Líbero
 Malavoglia. -- 1. ed. -- São Paulo : Laranja
 Original, 2018.

ISBN 978-85-92875-33-6

1. Poesia brasileira I. Malavoglia, Líbero. II. Título.

18-15923   CDD-869.1

Índices para catálogo sistemático:
1. Poesia : Literatura brasileira 869.1

Cibele Maria Dias - Bibliotecária - CRB-8/9427

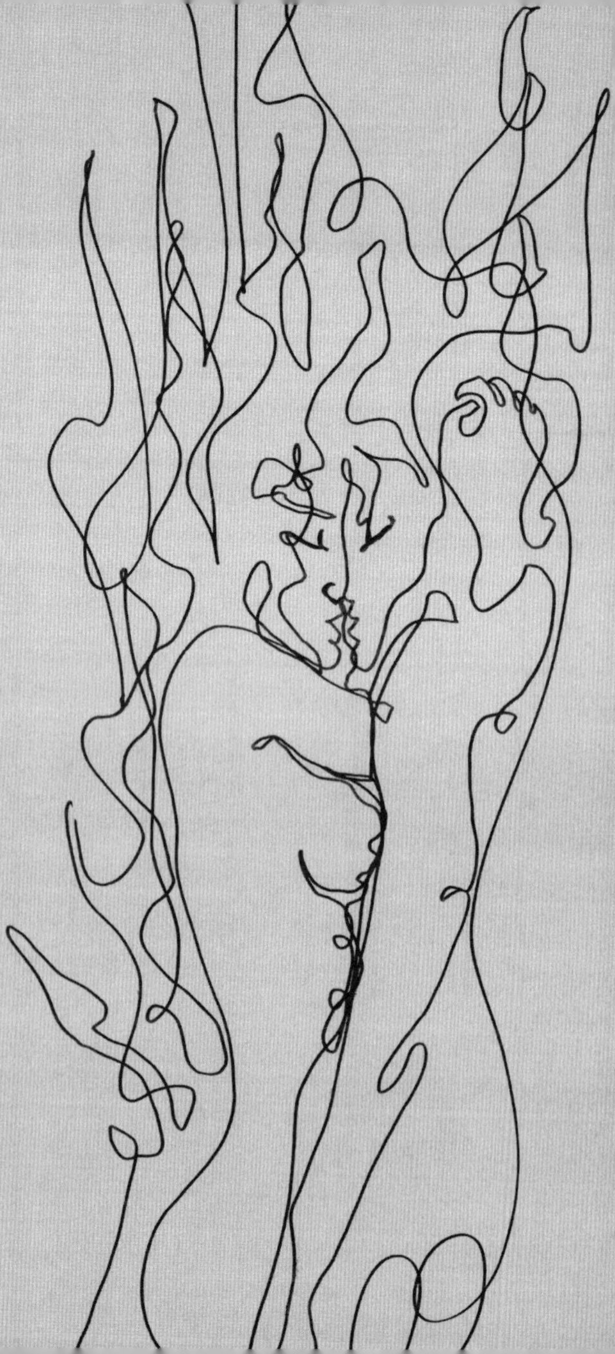